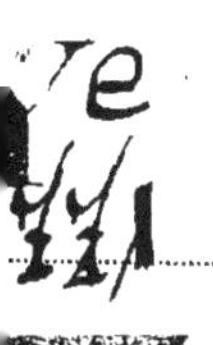

COLLECTION DES « TROIS SOLEILS »

J.-F. AGOSTINI

Reflets d'Enfer

POÈMES

Prix : 7.50 (franco 7.75)

AUX ÉDITIONS
DE LA « REVUE DU LANGUEDOC »
A LAMALOU-LES-BAINS (Hérault)

1930

Reflets d'Enfer

COLLECTION DES « TROIS SOLEILS »

J.-F. AGOSTINI

Reflets d'Enfer

POÈMES

AUX ÉDITIONS
DE LA « REVUE DU LANGUEDOC »
A LAMALOU-LES-BAINS (Hérault)
1930

I

« C'est la Démocratie aux prises avec le Césarisme prussien »,

Lord Kitchener.

Reflets d'Enfer

L'envoyé du Valholl

— Je suis le fils aîné d'Odin et de Frigga ;
Je descends du zénith pour rénover le Monde !
Il est temps d'accomplir ma mission féconde
Contre Jorgourmadour que rien ne subjugua,

Je vais anéantir enfin le monstre immonde
Dont le venin mortel plus ne se répandra ;
Je me nomme Asa-Thor, je suis le dieu qui gronde,
Peuples, rassurez-vous et poussez un hourra !

Au livre du Destin j'ai rayé le passage
Qui me faisait périr sur mon œuvre de sage :
Nous vivrons et moi seul, je serai votre Roi !....

— Chasse de ton esprit ce nébuleux fantôme ;
Tu n'es point Asa-Thor, tu t'appelles Guillaume,
Et ce que tu hais tant, c'est l'inflexible Droit !

(1914)

Ruisseaux de sang

Dans un coin profond, demeure discrète,
J'avais pressenti que l'homme viendrait,
Murmurait le fer, jusqu'à ma retraite,
Car l'homme à chacun vole son secret.
Et j'apercevais ma métamorphose
La mince truelle ou le soc pesant ;
Je ne pouvais pas rêver autre chose ....
On ne voit couler que ruisseaux de sang !

Le soufre disait : « Sauvé du cratère,
Déjà satisfait d'un moindre malheur,
J'espérais quitter mon linceul de terre
Pour que l'on me fit un destin meilleur.
Je rêvais souvent raisin jaune ou rose
Sur le coteau bleu l'été mûrissant ;
Je ne pouvais pas rêver autre chose ....
On ne voit couler que ruisseaux de sang ! ».

L'or disait : « Mon Dieu dans ma couche sombre,
J'attendais aussi que l'homme un jour vint
Les yeux souriants me ravir à l'ombre
Et mon noble espoir n'a pas été vain.
On ne devait voir plus un front morose
Grâce à moi la joie irait grandissant ;
Je ne pouvais pas rêver autre chose ....
On ne voit couler que ruisseaux de sang ! ».

(1914)

L'écho lèse-majesté

— Des cadavres partout, hourra ! je m'aliène
— Ah ! l'hyène !
— Les vieux Etats où j'ai soufflé l'affolement,
— Follement.

— Ils sont là presque tous qui m'attaquent ensemble ;
— Que t'en semble ?
— Je suis la Force qui vaincra fatalement.
— Allemand !

— Avec Phœbus dès lors je connaîtrai les fastes ;
— Très néfastes.
— Car sur mes biens sans trève il étincellera
— Scélérat !

— Maître de l'Univers qui voulut les désastres ;
— Et des astres ;
— Dans un coin je pourrai mon glaive déposer.
— Et poser !

— Je dois jalouser les grands noms de cette terre ;
— Et te taire !
— Alexandre et César, *Le Corse* et Charles-Quint ..
— Arlequin !

(1914)

Uber alles !

Quel projet inouï ! Sa pullulante horde
Devait comme une mer qui s'élance et déborde
Submerger les Etats dans l'éclair d'un seul jour !
Ses soudards inquiets, fauves au fond de l'antre,
La haine dans le cœur et la faim dans le ventre
N'attendaient qu'un signal de ce nouveau Timour !

Et le signal fut fait et sitôt l'aigle immonde
Sûre d'épouvanter et d'asservir le monde
Prit son vol pour remplir ses sinistres desseins.
Les Etats qui croyaient pouvoir briser leurs glaives
Se virent au milieu des pacifiques rêves
Entourés tout-à-coup d'ignobles assassins ....

Car ces êtres n'ont rien du soldat, ni de l'homme !
Amalgame de tigre et de bête de somme,
Ils savent perpétrer tout forfait sans remord !
C'est le troupeau servile exempt de conscience
Auquel il a donné trempés dans la science
Des millions d'engins de ruine et de mort ....

Mais le Droit immortel comme en quatre-vingt-treize,
Le Droit s'est redressé chantant la *Marseillaise*,
Le Droit qu'il méconnut, le droit qu'il a haï !
La France de Danton qu'une auréole entoure
Marche avec des guerriers superbes de bravoure
Au sein desquels sont nés Cromwell et Tolstoï ....

Musicien, poète et peintre, artiste infâme,
Son clavier susurrait tantôt l'horrible gamme
Qu'adaptent les canons à son hymne à la Paix.
Motifs dignes de lui, cadavres et décombres
Offrent à son pinceau mille spectacles sombres
Qu'aucun front néronien n'imagina jamais !

C'est là pourtant le Hun qui dans sa garde-robe
Serrait les vêtements des sommités du globe :
César, le Roi-Soleil, voire Napoléon,
Le Hun lettré qui prend des poses théâtrales
Dans les marbres fixés au seuil des cathédrales
Et prête à Jéhovah son masque d'histrion !

Tombé bien au-dessous d'un reître d'Allemagne,
Il chercherait en vain dans les chantiers du bagne
Un forçat qui voudrait s'accoupler au Kaiser ....
Oh ! qui le châtiera ! Devant les hécatombes
Qui haussent jusqu'aux monts les vallons et les combes.
Le Dante ajouterait un cercle à son Enfer !....

(1914)

Du Primate au pédant

Au milieu du ramas de vingt peuples sauvages
Venus, on ne sait trop de quels lointains rivages,
Dans le brumeux septentrion,
Un être qui régnait sur des ébauches d'hommes
Et ne ressemblait guère aux êtres que nous sommes
Etait rongé d'ambition.

Inapte à rien créer, inhabile à construire,
Il forma le projet de faire mieux ou pire
En effrayant le genre humain.
Aussi vif que l'éclair par les nuits infernales,
Suivi des siens, montés sur d'ardentes cavales,
Il partit fer et torche en main !

Il partit et le ciel trembla ... Sur son passage
L'Incendie aggravant les horreurs du carnage
Epandit des calmes profonds.
Semeur inassouvi de sang et de décombres
Ainsi courait encor fou de desseins plus sombres
Le plus destructeur des typhons !

L'écho sinistre avait, jusqu'en la France antique,
Annoncé le barbare et sa horde horrifique ;
Chacun fuyait épouvanté.
A l'abri d'un rempart formé de pieux de chêne
Un peuple qui vivait sans remords et sans haine
Tremblait aussi dans la Cité.

L'angoisse grandissait ; beaucoup versaient des larmes ...
Une vierge apparut qui chassa tant d'alarmes
Par des mots naïfs et touchants :
« Quelles sont ces terreurs ! Ne craignez aucun piège ;
Lutèce ne doit point périr : Dieu la protège !
Le mal n'atteint que les méchants ! ».

Quand le monstre arrêta sa chevauchée étrange
Non loin des pieux dressés en palissade, l'ange
Osa se porter jusqu'à lui.
En voyant s'avancer la jeune fille celte,
Le maintien assuré, pleine de grâce, svelte,
Son regard en fut ébloui.

Elle lui dit : « Seigneur, épargnez ces chaumières ;
Là ne sont que pêcheurs, laboureurs, filandières,
Vanniers, bergères, portefaix ..
Vous êtes le Fléau, nous sommes l'Innocence :
Nul ne doit redouter chez nous votre puissance,
Car nul n'a commis de forfaits ! ».

Sans doute comprit-il la parole candide :
Il fit entendre un ordre et sitôt tourna bride
Et l'horrible essaim s'envola ...
Le faux savant teuton, cœur tendre, esprit très ample,
En quinze fois cent ans, n'a pu juger l'exemple
Donné par le fruste Attila !

(1915)

Viertelgott

Il est grand ici-bas : lui seul est grand, mes frères !
Tout doit s'incliner devant lui :
Il sait pulvériser les faibles téméraires
Dont le Droit est le seul appui !

Il a pour acomplir de rouges équipées
Ses anges exterminateurs
Qui sèment les sentiers de mains d'enfants coupées
En chantant des refrains vainqueurs !

Il lance dans les airs aviatick ou taube
Et du sein des traîtres brouillards,
Il lui fait trucider dans leurs lits avant l'aube,
Nourrissons, femmes et vieillards.

Il commande aux requins qu'il pousse sous la vague :
« Coulez vaisseaux petits et grands
Où voyage sans arme une engeance trop vague
D'ennemis ou d'indifférents ...

Dans sa puissante main il tient les météores
Et par les soirs d'encre teintés,
Il fait d'un coup surgir d'infernales aurores
Du flamboiement de nos cités.

Le ciel peut se couvrir des plus opaques voiles,
Sa fusée et son shrapnell
Criblent superbement de sinistres étoiles
Toute la profondeur du ciel.

Il déchaîne un faisceau de typhons et de trombes
Et fait gicler sur les Etats,
En guise de grêlons, des obus et des bombes
En inévaluables tas !

Il saisit le nuage et, l'amenant à terre,
Il lui donne l'ordre olympien,
Dès qu'il a mis en lui son souffle délétère,
D'étouffer le dernier païen ...

Et nous ne savons pas, insensés que nous sommes,
Qu'en tout ceci Dieu le guida,
Et que sa mission est de sauver les hommes,
Mieux encor que Torquemada ...

Mais un cœur pantelant lui servant d'écritoire
Clio, dans des décors hideux,
Retrace au jour le jour, sur une page noire
Les travaux de Guillaume Deux !

(1915)

Apologue

Quand le tigre royal embusqué dans les jungles
Eut assez aiguisé sa machoire et ses ongles,
Il bondit en poussant un long cri de fureur
Qui fit naître en tout lieu l'angoisse et la terreur.

Sept hommes cependant, sept hommes, non des lâches,
En hâte armés d'épieux, en hâte armés de haches,
Attaquèrent sitôt pour sauver leurs pareils,
Le fauve dont les yeux lançaient des feux vermeils.

Trois d'entre eux déchirés par le croc et la patte,
Tombèrent au milieu d'une mare écarlate ...
Les autres qui saignaient comme le tigre aussi
N'en menèrent pas moins ce combat sans merci !

Hache, épieu, griffe ou dent font, dans l'âpre bataille
A chaque nouveau coup une nouvelle entaille,
Et par l'aspect du sang qui jaillit, ivres-fous,
Tous sentent dans leur cœur redoubler leur courroux !

L'on croirait quelquefois qu'un des hommes chancelle ;
Mais non, il se raidit et lutte de plus belle !
L'on entend néanmoins s'élever par moment,
Quelque plainte étouffée ou quelque hurlement ...

Et la foule, de loin, anxieuse contemple
Cet épique conflit où parle haut l'exemple
Et chacun de penser, confiant mais peu prompt :
« Un peu plus tôt, un peu plus tard, ils l'abattront ! »

(1915)

Forts et couards

Vous étiez plus nombreux que le sable des grèves
Et plus impétueux qu'un faisceau d'ouragans ;
Cela vous permettait de sataniques rêves
Tels qu'en conçoivent les brigands !

Vous aviez esquissé votre marche fatale
Sur la Ville-Lumière et sur Saint-Pétersbourg,
Et vous couviez des yeux mainte autre capitale
Dont à coup sûr viendrait le tour ...

Soudain, ce fût l'arrêt de vos bandes farouches
Qui croyaient l'Univers sidéré par l'effroi ;
Des soldats qui n'avaient ni canons, ni cartouches
Vous ont fait fuir en désarroi !

Et quand vous avez vu tomber votre chimère,
Vous vous êtes terrés pareils à des serpents
Imposant de la sorte à des héros d'Homère,
Une guerre de guets-apens ! ...

(1915)

Hommage suprême

O
Kaiser,
Ton troupeau
Fort bien te sert.
Sois-en fier, ma foi,
Comme il est fier de toi.
L'un l'autre, vous vous valez :
Le maître est pareil aux valets.
Il en meurt, mais, va, les survivants
Se conduiront en généreux enfants.
Ils sauront te bâtir un immense aùtel
Des ossements tombés pour te rendre immortel
Ils l'érigeront, vois-tu, si haut, en vérité,
Que le tombeau de Chéops sera petit à côté

(1916)

Fleur unique

. . . .

La consternation est grande ... Maintenant
Désinvolte et brutal un oberlieutenant
Fait signe aux assassins d'emmener les victimes :
Des enfant de dix ans des vieillards cacochymes
Accusés d'avoir pris dans leurs débiles mains
Des armes et d'avoir tiré sur les Germains.

On les met sur un rang contre un mur en ruines,
Et les exécuteurs chargent leurs carabines.
Et chacun d'eux attend le commandement bref
Que va sur l'heure, hélas ! expectorer son chef.
Soudain un coup de feu retentit ... Une balle
Frappe au front l'officier qui s'abat, sans un râle.

La stupeur a passé dans le groupe teuton ...
Un jeune soldat quitte alors le peloton
En criant, hors de lui, véhément : « C'est justice :
Que les martyrs soient saufs et le bourreau périsse ! »
Mais les soudards se sont à l'instant ressaisis,
Et le vengeur atteint par les onze fusils
Roule couvert de sang parmi les touffes d'herbe !

Ton geste, ô pauvre enfant, fut noble ! Il fut superbe !
Et nul dans le pays où tu reçus le jour
Ne pouvait t'enseigner ce principe d'amour
Qui te fit détourner sur toi l'ire du fauve
Afin que malgré tout l'innocence fut sauve ...
Nous, nous te saluons respectueusement,
Fleur éclose en un coin du désert allemand !

(1916)

La moindre peine

L'airain dont tu blindas ton cœur peut être épais :
L'égide sera mince à ton cœur minuscule ;
Toi qui te proposais d'être fort comme Hercule,
Quand la paix reviendra, tu n'auras point la paix.

Tu cacheras ta honte où tu le pourras, mais
Rougeoiments du matin, braises du crépuscule
Te remémoreront telle cité qui brûle
Et pour toi brûlera sans répit, à jamais !

Tu verras désormais dans les lacs et les fleuves
Les pleurs des orphelins, des mères et des veuves,
Indissolublement unis et confondus . . .

Dans tes nuits, tu n'auras pas d'heures plus quiètes ;
Tes songes seront pleins d'innombrables squelettes
Qui t'épouvanteront de leurs affreux rictus !

(1916)

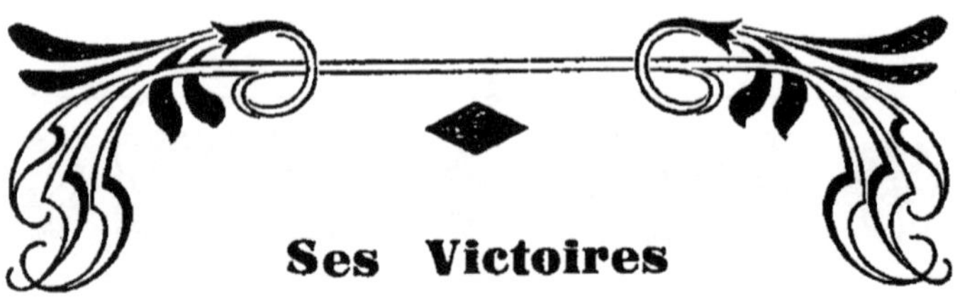

Ses Victoires

Vous pouviez être grand parmi les plus grands, Sire !
Dans la Paix, le Bonheur de vos Etats divers
Pouvait vous faire grand, grand comme votre Empire,
Mais grand tu voulais l'être autant que l'Univers !
Autant que l'Univers par l'acier, par la flamme,
La Force inconsciente et la Brutalité,
Par la mauvaise foi, le dol, la ruse infâme,
Par l'homicide ignoble et par la lâcheté !
Fort et trois fois plus fort que le Droit, Daron (1) sombre,
Dont l'image devait parer les saints autels,
Tu lias à ton char redoutable, le Nombre
Où grouillaient deux cents lacks d'atroces fanandels (2).
Alors, hideux et vain, truculent et superbe,
Tu mis tout l'appareil en branle et tu frappas
Le faible et le petit, le Flamand ou le Serbe
Dès le premier instant dressés devant tes pas.
Grâce à la trahison, au mensonge, à l'astuce,
Talents qu'aucun César ne t'aurait enviés,
Tu crus toucher au but, lorsque tu vis le Russe
Sans avoir combattu qui gisait à tes pieds.
Ce sont tes beaux succès, les seuls ! Succès étranges
Magnifiés par ton orgueil et dont le fruit

---

(1) — Titre que se donnait Cartouche.
(2) — Nom donné par Cartouche à ses complices.

Est le trésor des chais, des tiroirs et des granges
Mais non l'or du laurier victorieux qui luit ! ...
Pourquoi donc n'as-tu pas encor réduit la France,
Brigand démesuré, cambrioleur savant,
Assassin formidable enflé d'outrecuidance ?
C'est que la France est grande et qu'elle se défend.
Et malgré ton audace et celle de tes drôles,
Justicier de demain, la France est encor là !
Tu ne peux la frapper entre les deux épaules,
Car elle te fait face et te garottera ...
Quand tu t'effondreras parmi tant de victimes,
Fantoche dégonflé feux rois des demi-dieux,
Tu n'auras rien de grand, si ce ne sont tes crimes,
Non, rien, si ce ne sont tes crimes odieux !

(1918)

In extremis

L'homme grâce auquel en tout lieu,
L'Univers entier s'entr'égorge,
Comme sous la meule un grain d'orge
Dans un tel moment compte peu.

D'aucuns disent : « La main de Dieu
Ainsi qu'un fer rouge de forge
Déjà resserre sur sa gorge
Son ultime étreinte de feu !

Il fut cruel : il faut qu'il meure !
Dans l'impériale demeure
La faux de la Camarde à lui ! »

Mas une voix qui prie et pleure
S'élève et dit : « Ce n'est pas l'heure,
Il ne peut mourir aujourd'hui ... »

(1916)

POURVU QUE LES CIVILS TIENNENT

(*Pièce en vers en un acte*).

La scène a lieu dans une ville de France non éprouvée par le passage des Barbares.

Intérieur assez modeste, très éclairé pour la circonstance ; porte donnant sur le palier, ouverte à deux battants. Sur une table, petit bouquet tricolore, quelques bouteilles de champagne, six coupes, biscuits.

PERSONNAGES

Madame Veuve POL (Petite rentière, soixante ans).
Mademoiselle IRÈNE, vingt ans, sa nièce.
GUILLEMINAT, ancien marchand de coquillages.
CHANTEPLEURE, ancien marchand de volailles.
LARDIN, éleveur.
(Ces trois derniers frisent la cinquantaine).
ISIDORE FRANÇOIS, poilu permissionnaire, vingt-cinq ans, filleul de Madame Veuve POL.

Pourvu que les civils tiennent

SCÈNE PREMIÈRE

Veuve POL, IRENE, GUILLEMINAT,
CHANTEPLEURE, LARDIN (*devisant assis*).

MADAME POL

Mon bien-aimé filleul m'apprend dans sa missive
Qu'à vingt heures, ce soir, par le train il m'arrive.
J'en suis aise ...

Un temps.

Il aura soupé, m'affirme-t-il.

Petite pointe de regret.

Il craint de me gêner !

IRÈNE

N'est-ce pas très gentil ?

MADAME POL *Un soupir.*

Il devra venir seul ...

GUILLEMINAT

Ah ! diable ! et s'il s'égare ?

MADAME POL

Mais non, mais non ...

Une pause.

J'irais volontiers à la gare,
Mais il est peu certain qu'on se reconnaîtrait.

CHANTEPLEURE

Il ne vous a donc pas envoyé son portrait ?

MADAME POL

Hé non ...

Un temps.

Il sait par cœur la ville et mon adresse.

CHANTEPLEURE

C'est plus que suffisant.

GUILLEMINAT

En effet.

CHANTEPLEURE

Quel homme est-ce ?

MADAME POL

J'ignore, je vous dis, s'il est vilain ou beau.
Je sais qu'il exerçait le métier de *typo,*
Et qu'il est très vaillant.

CHANTEPLEURE

Mais encor ?

MADAME POL

Sur ma vie,
Je n'ai rien vu de lui que sa calligraphie ;

LARDIN

Son nom ?

MADAME POL

Un nom aimable et banal à la fois.

LARDIN

Il s'appelle ?

MADAME POL

Il s'appelle Isidore FRANÇOIS.

GUILLEMINAT

De quel pays est-il ?

MADAME POL

D'Arras.

LARDIN

Il n'a personne ?

MADAME POL

Tous les siens ont sombré dans la houle teutonne.

LARDIN

Comment le croyez-vous ?

MADAME POL

C'est un brave soldat.

IRÈNE

On peut le juger bon, honnête et délicat.

MADAME POL *Geste d'assentiment.*

Il craint de me gêner !

IRÈNE

Dame ! il n'y songe guère !

Un silence.

MADAME POL

Croyez-vous qu'il gagna médaille et croix de guerre
Sans m'avoir soufflé mot de l'exploit accompli ?

GUILLEMINAT

Il est modeste.

IRÈNE

Moi, je le crois très joli.

MADAME POL

Craindre de me gêner, c'est me mettre à l'épreuve !
Force m'est de montrer ce que peut une veuve
Dont les deux fils seraient, s'ils vivaient aujourd'hui,
Jeunes, beaux, délicats ...

Un soupir.

et braves comme lui !
Craindre de me gêner ! Dans ma plus belle chambre
Que je viens de remplir d'émanations d'ambre,
Petit, tu trouveras, à miracle douillet,
Un lit où ton sommeil sera long et quiet.
Craindre de me gêner ... Va, petit, je t'assure
Qu'on te fera pendant sept jours bonne mesure
Et que nul gros bonnet ne te traiterait mieux.

IRÈNE, *rêveuse.*

Ce doit être un garçon discret et sérieux.

MADAME POL

J'ai mandé tout exprès ce pur joyau, ma nièce ;
Je veux mêler céans un parfum de jeunesse
Au fumet des rôtis, à l'arôme des fleurs.

IRÈNE

Pauvre jeune homme ! Il a connu tant de malheurs !

CHANTEPLEURE

Et des assauts vécus, c'est tout ce qu'il raconte ?

MADAME POL

Pour sa gloire il professe une sorte de honte ...

Une pause.

Dans sa dernière carte, il plaisantait : « Au front,
On se demande fort si les civils tiendront »,
Disait-il.

CHANTEPLEURE et LARDIN

Nous tiendrons !

GUILLEMINAT

Et tiendrons jusqu'au terme !
Voyez ! Nous sommes trois ici qui tenons ferme :
Nous avons converti, de grand cœur, j'en réponds,
Nos louis en billets, puis nos billets en bons.

CHANTEPLEURE

Oui, l'argent, c'est le nerf de la guerre, et, sans doute,
Si j'étais de ces gens qu'on cite et qu'on écoute,
La horde n'aurait point souillé le sol français !

GUILLEMINAT

Et comment auriez-vous obtenu ce succès ?

CHANTEPLEURE

C'est simple : en réformant notre assiette fiscale.

Gravement.

L'impôt, c'est le ressort de la force brutale !

GUILLEMINAT, *d'un air important.*

Etes-vous partisan d'un income-tax ?

CHANTEPLEURE, *négligemment.*

Non.
C'est le fait des jongleurs de chiffres en renom ...
Je ne suis qu'un ancien commerçant en volaille ;
Moins détaché.
Mon projet cependant n'est pas de ceux qu'on raille !

GUILLEMINAT

Admettons ! Nos impôts me semblent bien compris :
Comment pour les changer vous y seriez-vous pris ?

CHANTEPLEURE

Si vous voulez voir l'or affluer par corbeilles,
Il faut après avoir banni les « quatre vieilles »
Instituer l'impôt
Geste large.
général indirect !
C'est le seul à mon sens qui soit juste et correct.

GUILLEMINAT

Expliquez-vous.

CHANTEPLEURE, *démonstratif.*

Avec ce régime chaque homme
Ne paye exactement que l'objet qu'il consomme.
Sans pâtir d'aucun acte inquisitorial.

GUILLEMINAT

laissant percer un peu d'envie
contre l'homme qui lui paraît avoir une idée.

Quelque pingre pourrait vous trouver génial !

CHANTEPLEURE *avec impatience.*

Ah ça ! ...

MADAME POL

Le célibat préserve ses ressources !

CHANTEPLEURE, *quelque peu démonté par la réflexion de Madame Pol.*

Le numéraire ainsi coulant par mille sources
Se serait mué vite en armements parfaits !

LARDIN *méditatif.*

J'eusse été curieux d'en juger les effets.

GUILLEMINAT *s'efforçant d'être mordant.*

Notre pauvre Trésor aurait connu la baisse !

CHANTEPLEURE

Mais non ! Ç'aurait été décupler notre encaisse
Et nul Etat n'aurait été plus argenté !

GUILLEMINAT

Je ne voudrais pas trop me montrer entêté,
Mais sous cet argument votre discours s'effondre :

Victorieusement.

Nos services publics seraient tous à refondre !

CHANTEPLEURE, *levant les bras.*

Voilà les routiniers allant sans savoir où,

Guilleminat fronce les sourcils.

Pour qui l'ordre actuel est, comme on dit, *tabou* !

GULLEMINAT, *froissé.*

Cela me paraît bien un projet de poularde !

CHANTEPLEURE, *indigné.*

Crénom ! ... Je sens au nez me monter la moutarde !

MADAME POL, *contrariée.*

Allons, messieurs, allons !

IRÈNE

Soyez plus pondérés,
Et réservez votre ire aux Boches abhorrés !

MADAME POL, *légèrement ironique.*

Les civils tiendront-ils ?

GUILLEMINAT, *éclatant.*

Moi, je tiendrai, Madame,
Mais il est bien permis d'éreinter un programme
En tous points trivial, baroque, saugrenu !

CHANTEPLEURE, *de plus en plus indigné.*

Baroque, trivial ! ...

GUILLEMINAT

Je serais mal venu
Si je voulais aussi, développer ma thèse ...

MADAME POL

Parlez sans vous fâcher, parlez tout à votre aise.

GUILLEMINAT

Je suis calme ...

Attitude présomptueuse.

Souffrez que je vous fasse part
Des choses que je viens exposer un peu tard.
Je ne suis, je le sais, qu'un ex-marchand de moules...

CHANTEPLEURE, *vindicatif.*

Mollusques franchement plus sensés que les poules !

GUILLEMINAT *avec un regard furibond.*

Ce qu'il dit passe difficilement.

Eh bien, moi, j'ai songé bien avant le Kaiser,
Aux boyaux bétonnés comme aux ronces en fer.

CHANTEPLEURE, *narquois.*

Ah ! vraiment ! il fallait le dire à nos ministres !

LARDIN, *condescendant.*

Vous auriez prévenu mille scènes sinistres
Et nous vous aurions mis depuis hier au pavois.

GUILLEMINAT , *modeste.*

J'ai pensé qu'on n'aurait pas entendu ma voix.

CHANTEPLEURE

Votre voix sait pourtant être fichtrement forte !

Il fallait le tenter et le diable m'emporte,
De là-bas on vous eut répondu, par écrit,
Qu'une moule parfois peut avoir de l'esprit !

GUILLEMINAT, *hors de lui.*

Autruche, dindon ...

Cherchant l'épithète décisive.

buse ! ...

CHANTEPLEURE, *impassible, ses pointes ayant porté.*

Ah ! voilà bien des titres !
On ne trouve pas plus de perles chez les huîtres.
Continuez !

MADAME POL

Messieurs, de grâce, finissez !
Laissez l'huître, la moule et les gallinacés !
C'est futile ... Songez que tant d'hommes modestes
Ont fait tant de si beaux, tant de si nobles gestes,
Qu'on ne peut leur ôter les plus purs parchemins !

IRÈNE

Ils ont réalisé des hauts faits plus qu'humains !

MADAME POL, *l'oreille tendue.*

Messieurs, je crois qu'on vient... on monte quatre à quatre
C'est lui ! ...

IRÈNE

Si c'était lui ! ...

A part.

Dieu, je sens mon cœur battre !

LARDIN, *écoutant.*

Un pas d'homme ...

GUILLEMINAT, *même jeu.*

Un pas d'homme ! ...

IRÈNE

Est-ce un pressentiment ?

LARDIN

Il est sur le palier ...

IRÈNE, *à mi-voix.*

Moi, je le crois charmant !

Tout le monde se lève. Un soldat, beau garçon, légère claudication, uniforme bleu horizon, sans décoration, un casque de tranchée à la main, apparaît dans l'encadrement de la porte.

SCÈNE SECONDE

LES MÊMES, ISIDORE FRANÇOIS.

ISIDORE, *un peu interdit.*

Madame POL ?

MADAME POL

Monsieur FRANÇOIS !

ISIDORE, *franchement.*

Chère marraine !

Madame Pol lui ouvre les bras
et l'embrasse avec effusion.

MADAME POL, *exhubérante.*

Cher filleul, embrassez ma chère nièce Irène ...

Isidore et Irène s'embrassent.

Et serrez donc la main à ces braves messieurs,
Les meilleurs des voisins, les plus officieux
Qui se sont empressés de répondre à l'invite
Pour sabler le Champagne avec nous autres ...

Poignées de mains. Révérences.

Vite,
Mettez-vous s'il vous plaît à la place d'honneur.

On s'assied.

IRÈNE, *à part.*

Je le trouve très bien !

MADAME POL

Cher filleul !

IRÈNE, *à part.*

Quel bonheur !

MADAME POL

Que nous racontez-vous de la guerre ?

ISIDORE

Madame,
Ce n'est qu'un ouragan de métal et de flamme,
Où nous ne voyons tous, c'est le cas, que du feu !
Le grand Chef néanmoins y voit pour tous, un peu !

LARDIN, *gravement.*

Les aura-t-on ?

ISIDORE

Comptez sur nos vaillantes troupes !

MADAME POL, *qui a débouché une bouteille.*

Messieurs, permettez donc que j'emplisse vos coupes !

Un silence.

MADAME POL et IRÈNE

A la France !

GUILLEMINAT, CHANTEPLEURE et LARDIN

Aux Poilus !

ISIDORE

Aux Dames ! Aux Civils !

On boit.

LARDIN

D'après les combattants, les civils tiendront-ils ?

ISIDORE, *regardant Irène à la dérobée.*

Pardienne !

MADAME POL

Cher filleul, croyez-vous, tout à l'heure,
Monsieur Guilleminat et Monsieur Chantepleure,
Ici même à propos d'inutiles propos,
Ont failli s'attraper et se rompre les os !

ISIDORE

Ah ! se battre à l'arrière est un fâcheux indice !

CHANTEPLEURE

Ma méthode était bonne, or, en stricte justice ...

GUILLEMINAT

Ah bah !

Chantepleure et Guilleminat échangent des regards dépourvus de bienveillance.

MADAME POL

Ils finiront par se manger le nez !

LARDIN

Entendons-nous : vos deux projets bien combinés
Pourraient encor donner d'assez beaux avantages.

ISIDORE, *regardant Irène, à part.*

Elle est délicieuse !

LARDIN

Il s'agit d'être sages.

A Chantepleure.

Votre assiette me plaît,

A Guilleminat.

et vos boyaux aussi ;
Il conviendrait de les rapprocher ...

GUILLEMINAT, *avec brusquerie.*

Non, merci !

LARDIN

Ah !

Une pause.

Par discrétion, quand vous pestiez, moi-même,
Je me suis abstenu de parler d'un système ...
« A moyens tout nouveaux, procédés tout nouveaux »
Je ne suis qu'un méchant éleveur de chevaux,
Cependant mon idée en peut valoir une autre ...

CHANTEPLEURE

La mienne est hors de pair !

GUILLEMINAT

Et la mienne ?

CHANTEPLEURE, *avec dédain.*

La vôtre ? ...

Un silence pendant lequel Madame Pol qui a débouché une deuxième bouteille remplit encore les coupes.

LARDIN, *après avoir toussé et s'être mouché.*

Par ses vertus, la mienne est digne du grand choix !
Je réduis avant tout le service à six mois,
D'où diminution de nos charges, je pense ?
Puis, je fais fabriquer en divers lieux, en France,
Dans le plus grand secret, trente mille avions,
Coût insignifiant : quatre cents millions.
J'exerce nos troupiers et je les rends habiles
A faire tourner des volants d'automobiles ;
Je ne néglige pas pour cela marche et tir.
Les espions sont là, trop lourds pour pressentir,
Ils se moquent de nous qui leur donnons le change.
Mais le jour où la main, par malheur, leur démange,
Et qu'ils veulent vers nous piloter les bourreaux,
Je lance dans le ciel mes légers aéros,
Sur rangs de dix, pourvus de quantités de bombes,
Qui couvrent outre-Rhin les routes d'hécatombes
Et l'invasion cesse avant d'avoir eu lieu ! ...

Triomphalement.

Que dites-vous du plan ?

CHANTEPLEURE, *froidement.*

Un plan en l'air, pardieu !

LARDIN, *déposant brusquement sa coupe qu'il vient de saisir.*

De quoi ?

CHANTEPLEURE

Je ne vois pas quel rapport il existe,
Entre l'aviateur et l'automobiliste ...

LARDIN, *avec humeur.*

Vous ne pouvez saisir pour cause le rapport :
Il n'est, bon gré, mal gré, pas de votre ressort ;
D'ailleurs, vous critiquez seulement, ce me semble,
Un détail à rayer peut-être, et non l'ensemble ...

CHANTEPLEURE

C'est une erreur ... J'entends viser tout le travail,
Quand le travail entier dépend de ce détail.
Je trouve votre plan ... stupide.

LARDIN, *serrant les poings.*

Il est, j'espère,
Moins stupide que vous !

CHANTEPLEURE , *se croisant les bras.*

Il se met en colère !
Il songe à m'assener sans doute un coup de poing !

LARDIN

Le moyen est grossier et je n'y souscris point ...
Quoique le coup de poing possède ...

IRÈNE, *agacée.*

Ah ! ces querelles !

LARDIN

Un pouvoir éclairant de trente-six chandelles ;
Je suis homme d'honneur et je vais sur le pré !

MADAME POL, *suppliante.*

Monsieur Lardin !

ISIDORE, *à mi-voix.*

Il a le visage empourpré !

CHANTEPLEURE

Sur le pré, dites-vous ? Vous devez aimer l'herbe !

Lardin fait mine de se lever.

LARDIN, *d'un geste tranchant.*

Je veux vous y coucher ! ...

ISIDORE, *légèrement enjoué.*

Quittez cette superbe !
Sinon aux combattants, je m'en vais de ce pas,
Conter que les civils ici ne tiennent pas ! ...

Changeant de ton.

Messieurs, si vous pouviez voir la fière attitude
Qu'observent nos soldats dans ce conflit si rude
Vous seriez sûrement plus coulants entre vous !

GUILLEMINAT

C'est très bien !

ISIDORE

Réservons aux Boches nos courroux !

IRÈNE

Il a raison.

MADAME POL, *pour rompre les chiens.*

Voyons, dites, cher Isidore,
Ce que peut avoir fait un Poilu qu'on décore ?

ISIDORE

Son devoir.

GUILLEMINAT

Bien parlé.

MADAME POL

D'abord, où sont vos croix ?

ISIDORE, *touchant le côté gauche de sa poitrine.*

Hé ! ... là-dessous.

IRÈNE, *boudeuse.*

Voilà !

MADAME POL, *doucement grondeuse.*

C'est fort vilain je crois,

D'ainsi cacher aux yeux de vénérés insignes !

Isidore sort d'un portefeuille sa croix de guerre agrémentée de palmes et sa médaille militaire qu'il étale sur la table.

ISIDORE

D'autres les montreront ; j'en connais de plus dignes.
Je croirais, moi, vouloir passer pour un malin !

IRÈNE, *boudeuse.*

Vous devriez les mettre ...

Isidore défère à ce désir en souriant à Irène.

IRÈNE, *rayonnante, à mi-voix.*

Il est gentil tout plein !

ISIDORE, *sans fausse modestie.*

Nous sommes, croyez-m'en, tous égaux en vaillance,
Nous avons même espoir et même confiance,
Mais les évènements dispensent à leur gré,
La palme ici plutôt qu'ailleurs, c'est avéré !

MADAME POL

Narrez-nous tout au moins l'une de vos prouesses ?

ISIDORE

Je vous en citerai de toutes les espèces.
Car chez nous chaque cœur est sainement trempé...
Voici toujours des faits qui m'ont assez frappé :
J'étais à l'hôpital, j'avais une fistule ...

IRÈNE, *boudeuse.*

Non !

ISIDORE

Un obus m'avait ... éraflé la rotule.

IRÈNE

A la bonne heure.

GUILLEMINAT

Bien.

LARDIN

Bien.

ISIDORE

J'avais pour voisin
Le peu qui subsistait d'un bouillant fantassin
Dont les armes avaient naguère fait merveille.
Ce n'était plus qu'un tronc, qu'un œil et qu'une oreille
Que le tiers d'un fémur et que le quart d'un bras !

CHANTEPLEURE

Cela donne le frisson quand même.

IRÈNE

Pauvre gars !

ISIDORE

Lorsqu'on eut fait connaître à ce paquet informe

La décision prise au conseil de réforme,
Il se fâcha tout rouge et dit : « Je suis bien vil,
Que vous vouliez de moi déjà faire un civil ?
— Mais, mon enfant, répond le major très paterne,
N'as-tu pas assez fait ? — Ah ! cette baliverne !
Riposte le héros. Alors vous pensez bien
Qu'en l'état actuel on n'est plus bon à rien ? ...
Vous allez m'envoyer près du canon qui jappe
Et me faire jeter aux abords d'une sape
Où je puisse aisément être fait prisonnier,
Puisqu'à ne plus combattre il faut se résigner.
Les Boches m'enverront où voudra leur caprice,
En Saxe, en Bade ... là, reprenant mon service,
Pour bien leur démontrer qu'on n'est pas le moins fin
Je les harcèlerai de sarcasmes sans fin.
Et si leur empereur d'aventure s'amène,
Histoire de guigner gratis le phénomène,
Je te lui crache en plein dans la hure-recta !
— Tout ceci ne se peut, mon ami ! — Ta, ta, ta !
— Laisse à d'autres le soin d'assouvir ta rancune,
Calme-toi, mon petit ! — Le calme m'importune !...
Ah ! vous ne voulez pas, eh bien, j'irai tout seul !
Le major a souri, puis pleuré ...

MADAME POL

Cher filleul,
Quels hommes on a là !

ISIDORE

La bravoure est de mode.

IRÈNE, *avec un léger dépit, à part.*

De lui, rien !

ISIDORE

Voulez-vous encore un épisode
Qu'un ami, l'an dernier sur le front inhumé,
Au cours d'un intermède a rudement rimé ?

Le combat a cessé d'une tranchée à l'autre
Faute de combattants du côté des Français.
Paix à ces preux ! Chacun est mort comme un apôtre.
De si nobles revers valent de grands succès.

Maintenant l'ennemi peut en toute assurance
Occuper cette place où nul ne bouge plus.
« Forwertz ! » *clame le chef et la troupe s'avance*
Vers le fossé rougi, sépulcre des Poilus !
Mais à ce même instant un cadavre se dresse,
Crotté, couvert de sang, épouvantable et beau,
Hurlant : « Debout les morts ! » et ce cri de détresse,
Cet appel impossible anime ce tombeau !

Les morts se sont levés de leurs atroces couches,
Baionnette, fusil ou grenade à la main,
Et tous se sont rués, sombres, fatals, farouches,
Irrésistiblement contre le flot germain !

Guilleminat, Chantepleure et Lardin se découvrent instinctivement.

Et lorsque s'acheva ce corps à corps étrange,
De vivants ébahis et d'ardents trépassés,
Du premier au dernier, les Teutons dans la fange,
Inertes, gisaient tous, pêle-mêle entassés !

Alors, anéanti par l'effort postultime,
Mais maître du terrain qu'il rend indisputé,
Chacun des Morts vivants, insciemment sublime,
Rentre au sein de la Mort dans l'immortalité !

Un silence.

LARDIN, *jetant violemment à terre son chapeau.*

Nous sommes des chevaux !

GUILLEMINAT, *même ton.*

Des mollusques !

CHANTEPLEURE

Des buses !

LARDIN, *à Chantepleure.*

Cher ami, je vous fais les plus plates excuses !

CHANTEPLEURE

Ah ! pardon ! Ah ! pardon ! c'est moi qui vous en fais.

GUILLEMINAT, *à Chantepleure.*

Je vous en dois aussi . . .

CHANTEPLEURE

Ça, ce n'est pas mauvais !
C'est bien moi qui vous ai provoqué, j'imagine.

IRÈNE, *à part.*

Et de lui rien toujours ! quel noble cœur !

ISIDORE, *regardant Irène, à part.*

Divine !

LARDIN

N'en parlons plus !

CHANTEPLEURE

Laissons.

GUILLEMINAT

Laissons ! Oyez cela.
Ce que je vous dirai sera fait sans flafla ...
Touchant du doigt combien vide est mon existence,
Je lègue demain même aux œuvres d'assistance
Aux divers éprouvés de l'énorme duel,
Mon gîte et mes valeurs, mon petit bien tel quel !
Ensuite ...

ISIDORE, *à mi-voix.*

Il va donner peut-être davantage !

GUILLEMINAT

Dans n'importe quel corps dès demain je m'engage.

LARDIN

Parfait !

GUILLEMINAT

On m'emploiera selon ce que je puis.

ISIDORE

Cela, c'est tenir !

CHANTEPLEURE

Moi, j'approuve et je vous suis !
Causons : tous trois atteints d'un égoïsme infâme,
Seuls de tout le quartier nous n'avons pas pris femme
Si bien, quand par hasard ensemble nous passons,
Qu'on chuchotte : Voilà les trois pauvres garçons !
L'enfant d'Ixe ou d'I grec, de Martin ou de Pierre,
Sont de tous les galas de cette épique guerre.
Ils se font escofier ou prennent des drapeaux,
Afin de conserver nos précieuses peaux !

ISIDORE

Il tient aussi !

CHANTEPLEURE

Fameux stratèges que nous sommes,
Avons-nous su parfois faire figure d'hommes,
Nous qui n'avons jamais ni vécu, ni souffert ?
Notre champ de bataille est l'affreux tapis vert,
Nos médailles sont des jetons — de pacotille,
Et nous ne fûmes bons qu'à vaincre à la manille !
Le seul vrai jeu se joue au front. Engageons-nous.

GUILLEMINAT

Bravo !

CHANTEPLEURE

Joffre n'aura jamais assez d'atouts !

GUILLEMINAT

Joffre est le dix des dix !

CHANTEPLEURE

Avec les camarades,
Déchargeons les lebels et lançons les grenades,
Mais si l'on nous trouvait finis, fichus, gâteux,
Pour nos grands défenseurs devenons cordons-bleus !

GUILLEMINAT

Je serai leur valet et ferai leur vaisselle ...

LARDIN

Une inspiration me vient dans la cervelle ! !

Revenant à son idée primitive.

Je suis expert dans l'art de conduire une auto ;
L'automobile est sœur de l'avion. Presto,
J'achète un monoplan ... que je mate, et je file
Vers le bruit du mortier où l'on fait œuvre utile.
Et je jure ce soir de n'être jamais las
Tant que je ne serai compté parmi les as !

CHANTEPLEURE, *les deux mains tendues.*

Ainsi c'est dit, les fieux, et traître qui recule !

GUILLEMINAT, CHANTEPLEURE et LARDIN *se serrant la main.*

C'est dit !

ISIDORE

Ils tiennent tous !

LARDIN, *triomphant.*

Suis-je pas ridicule ?
Je vous mets au défi de critiquer mon plan.
Un plan sur monoplan sans plus de rataplan !

GUILLEMINAT

On dirait le rappel !

CHANTEPLEURE

C'est tapé !

LARDIN

C'est sonore !

MADAME POL, *qui depuis quelques instants s'est concertée à voix basse avec Irène*

Ma nièce offre sa main à Monsieur Isidore !

ISIDORE

tout abasourdi sous un coup aussi imprévu, à part.

Je dors dans la tranchée et fais des songes fous !

Haut, très ému.

Vous me... Je ne saurais... je suis... merci... Je vous..

Un peu ressaisi, mais n'osant pas s'adresser à Irène qui lui a pris la main.

Que de bontés ! que de bontés ! chère marraine !

IRÈNE, *se rapprochant d'Isidore.*

O mon grand Isidore !

ISIDORE, *avec un reste d'émotion.*

O grâcieuse Irène !

Il dépose un baiser sur le front d'Irène, puis complètement en possession de lui-même, et comme pour se faire pardonner tant de bonheur, à Guilleminat, Chantepleure et Lardin.

Je peux dire aux Poilus en retournant au front,
Que les Civils font leur devoir et qu'ils tiendront !

(1916)

III

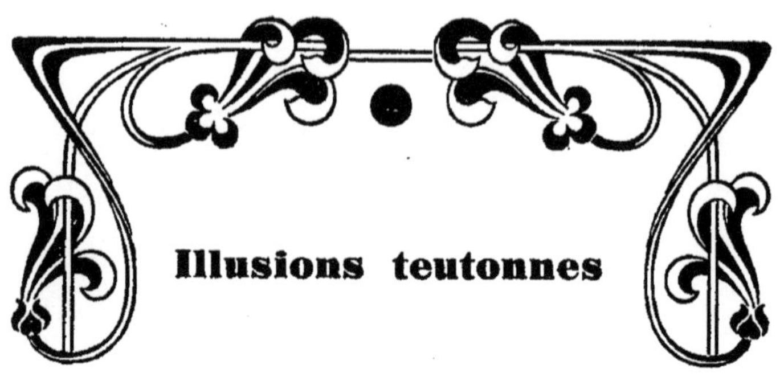

Illusions teutonnes

I

Que n'avez-vous pas mis en œuvre
Pour servir vos ambitions ?
Bras d'une gigantesque pieuvre,
Partout rampaient vos espions !

Nuit et jour de vos mille usines
Où le feu coulait à bord plein,
Montaient des lueurs purpurines
Comme des forges de Vulcain ...

Sous le Chaume où grouillaient les hères,
Et dans les palais des élus,
Vous augmentiez vos fourmilières
D'hommes cruels et résolus.

De la chaire de vos gymnases
Quarante ans vos faux érudits
Enseignèrent sans périphrases
La haine des Velches maudits !

Pour nous mettre enfin sur la paille,
Tout fut posé, tout fut compté :
Vous saviez le champ de bataille
Où mourrait notre liberté ! ...

II

Vous aviez jugé dans leurs vignes,
Leurs jardins et leurs blés épais,
Nos paysans vaillants et dignes
Tout entiers acquis à la paix.

Dans nos Babylones modernes
Vous aviez vu nos travailleurs,
Idéalistes et paternes
Aspirant à des jours meilleurs.

Et même dans les soirs de crise,
Parfois, dans tel bourg ouvrier,
Vous aviez, remarque qui grise,
Entendu chanter du Potier ...

Et vous disiez, haussant l'épaule,
Ce pays n'est plus maintenant
La France, fille de la Gaule
Et c'est nous le peuple éminent !

On peut conculquer cette race :
Parmi tant de légers esprits
On ne trouverait plus la trace
Du moindre Vercingétorix !

Où sont les martiales âmes :
Jeanne d'Arc, d'Assas ou Ringois ?
Hantés de chimères infâmes
Ils font tout aller de guingois.

Bayard, Primauguet, Beaurepaire,
Et d'autres seraient ébahis,
Si reparaissant sur la terre,
Ils voyaient leur triste pays !

Les Héros de Quatre-vingt-douze
Devant ces gens, que diraient-ils ?
S'il faut un jour qu'on en découse,
Ils ont pour armes leurs outils !

C'est la nation des Sodomes
Encline à jouir et rêver
Que nous devons, nous, les surhommes,
De fond en comble rénover !

III

Et ce fut la ruée immense
Sous laquelle vous pensiez voir,
La France ,l'éternelle France,
Vaciller sur sa base et choir !

Vous deviez alors par ce crime
Nous imposer, hommes manqués,
Cet inacceptable régime :
Vous, les seigneurs, nous les laquais !

O conception bénévole
D'un peuple rapace et balourd !
La France eut été moins frivole,
Si vous aviez l'esprit moins lourd !

Quels soldats font ces pacifistes
Laboureurs, savants, vignerons,
Maçons, curés, marchands, artistes,
Riches, gueux, ouvriers, patrons !

Regardez : pour rester leurs maîtres,
Ils ont surpassé tous les preux ;
L'âme des plus nobles ancêtres
Est résumée en chacun d'eux !

Un Hugo manquerait de souffle
Pour chanter sur le luth sacré
Les hauts faits de tel ex-maroufle
Que la guerre a transfiguré !

Votre déception est grande,
Et vous comprenez peu vraiment
Que ce peuple ainsi se défende
Quand l'agresseur c'est l'Allemand !

Ce peuple a du sang jusqu'au torse,
Mais il lutte encor, car il croit ;
Il oppose à l'aveugle Force,
La force lucide du Droit ! ...

IV

La France, alme Mère commune,
Au despotisme mettant fin,

Vous a fait don d'une tribune
Qui fut pour vous un meuble vain.

Soucieuse des équilibres,
Elle voulait en vérité
Que les nations fussent libres
Selon la plus stricte équité !

Cœurs froids, cerveaux faussés, arrière !
La France porte dans sa main
Un soleil, source de lumière,
Où s'abreuve l'esprit humain.

Dans la haine qui vous assemble,
O barbares, vous avez beau
Vous mettre à souffler tous ensemble,
Vous n'éteindrez pas ce flambeau !

(1915)

Sous l'Arc de Triomphe

La tempête sur tous les fronts,
Gronde, gronde sans intervalles !
Dominant la voix des rafales
Les hommes clament : « Nous vaincrons ! »
Des Flandres jusqu'à la Mer Noire,
On meurt chaque jour par milliers ...
Les Poilus et leurs Alliés
Défileront sous l'Arc de Gloire !

Qu'importe l'infernal autan
Dans cette grandiose épreuve !
La bravoure dont ils font preuve
Surprend les victoires d'antan.
Elles salueront la VICTOIRE
S'avançant drapeaux déployés ...
Les Poilus et leurs Alliés
Défileront sous l'Arc de Gloire !

Ils sont nobles et valeureux,
Ils sont hardis, ils sont stoïques !
Les géants des temps héroïques
Se sentent petits auprès d'eux !
Et l'Histoire, la Grande Histoire,
Les a tous armés chevaliers ...
Les Poilus et leurs Alliés
Défileront sous l'Arc de Gloire !

(1916)

L'ultima ratio

Vous êtes cultivés, vous êtes
De Science et d'Art très épris,
Mais nos savants et nos poètes
Vous ne les avez pas compris.

Hélas ! votre opaque cervelle
S'agence de telle façon
Que jamais il ne s'y révèle
La moindre lueur de raison.

Vos doctrines sont inédites,
Vos actes sont à l'avenant :
On ne sait pas quels troglodytes
On a devant soi maintenant ...

Un principe, c'est chose vague,
Pour être hommes et citoyens ;
Vous avez la tangible schlague
Propre à former les césariens.

Ce grand conflit où mille alarmes
Troublent vos junkers incorrects
Montre, au-dessus du choc des armes,
Le combat de deux intellects.

Semblables à l'esclave antique,
Dont on faisait un combattant,
Vous criez au kaiser tragique :
« Morituri te salutant ! »

Vous luttez, certe, avec vaillance,
Mais pour un despote éhonté :
Tandis que nous, sans défaillance,
Nous défendons la Liberté ...

Nos aïeux lançant leur formule
Ont hier convaincu chacun
Sauf le descendant du Hérule
Mâtiné de Goth et de Hun ...

Vous comprendrez notre langage,
Ripostiez-vous dans vos lieder,
Quand vous entendez dans l'orage
Le sifflement de notre fer ...

Convenez que vous étiez ivres,
Ivres d'orgueil féroce et vain ;
Demain, en relisant nos livres
Vous apprendrez le nôtre, enfin !

Il fallait la manière forte ...
Mais bénissez l'énorme affront :
Des cendres de la Prusse morte
Les Gaïus Gracchus surgiront !

Ce que la Justice qu'on aime
A tenté longtemps sans effet
Le canon, argument suprême,
Le canon brutal l'aura fait !

(1916)

Aube prochaine

Paysan, cette guerre immense,
Sans nul regret, accepte-la :
Ton enclos résume la France,
Défends-le, les pillards sont là !
Tout est noir. Le labour des bombes
Trace de monstrueux sillons,
Où poussent des croix et des tombes
Par milliers et par millions ...
Demain doit être un jour prospère,
Espère !
L'aube éclairera le ciel bleu,
Dans peu !

Travailleur des fécondes villes
Transformé soudain en guerrier,
Défends contre des hordes viles
Ton usine et ton atelier.
Tout est noir, L'infâme mitraille
N'aura que l'espace d'un jour,
Relégué parmi la ferraille,
La machine, ton seul amour !
Demain doit être un jour prospère,
Espère !
L'aube éclairera le ciel bleu,
Dans peu !

Artiste ou savant dont la tempe
Celait tant de trésors nouveaux,
La foudre a renversé la lampe
Qui guidait tes nobles travaux.
Tout est noir. Le Mal fait son œuvre.
Dans la sape où sévit le gel,
Tu ne songes plus au chef-d'œuvre
Qui devait te rendre immortel !
Demain doit être un jour prospère,

Espère !

L'aube éclairera le ciel bleu,

Dans peu !

(1916)

La voix des ruines

Nous étions les bourgs et les villes
Des biens de ce monde comblés ;
Nous vivions simples et tranquilles
Parmi les pampres et les blés.

Un épais troupeau d'êtres sombres
Précédé d'obusiers tonnants
S'en vint convertir en décombres
Nos fronts de bonheur rayonnants !

L'orage d'acier et de flamme
Gronde toujours sous le ciel gris,
Mais en dépit de lui notre âme
Reste attachée à ces débris !

Ce sont les dernières épreuves,
Et nous nous dresserons encor
Dans la splendeur des robes neuves
Avec une auréole d'or.

L'affreux nuage qui nous couvre
Parfois nous laisse apercevoir
Lorsqu'un seul instant il s'entr'ouvre
Un bout d'azur qui dit : Espoir !

Demain finira cet érèbe,
Et la paix, sainte vision,
Fera le prodige qu'à Thèbes
Accomplit jadis Amphion ...

(1916)

Peuples martyrs

Cette inique et féroce guerre
Où mourront les derniers tyrans
Fit de vous, si petits naguère,
Des peuples très fiers et très grands.
Vous vous êtes montrés superbes
En face des pires dangers ...
Belges, Monténégrins et Serbes
Vos preux seront bientôt vengés !

L'innombrable flux des Barbares,
Teutons aux desseins inouïs,
Turcs cauteleux, félons Bulgares,
Désolent vos pauvres pays.
Leurs obus par épaisses gerbes
Ont souillé vos champs bien-aimés ...
Belges, Monténégrins et Serbes,
Vos champs seront encor semés !

En cette heure si difficile
De pénible émigration
Vous errez partout sans asile
Comme les enfants de Sion.
On voit chez vous les folles herbes
Croître sur vos nids abattus ...
Belges, Monténégrins et Serbes,
Vos foyers vous seront rendus !

(1916)

Le Savant

Si notre existence est fort brève,
Notre œuvre n'aura pas de fin ;
Nous donnons forme et vie au rêve
Ayant en nous l'esprit divin.

Le savant commande à la flamme
De fondre et de pétrir le fer,
Au sein duquel il place une âme
Qui mord le rail et fend la mer.

L'écrit reste la voix s'envole,
Répétait l'aïeul aux enfants :
Nous emprisonnons la parole,
Et les morts sont toujours vivants !

Au travers de l'espace hostile,
Malgré les aquilons fougueux,
Nous chargeons une onde subtile
De transmettre partout nos vœux.

Du fond des voûtes éternelles,
L'aigle brave Icare entêté,
Icare au métal met des ailes,
Et l'aigle fuit épouvanté.

Les requins au fond de l'abîme
Se confiaient aux flots turquins,
L'acier que notre souffle anime
Trouble l'asile des requins ...

(1916)

L'éclaircie

Les brouillards envolés du mortier infécond
Se sont mêlés là-haut aux nuages funèbres
D'où tombent lourdement d'insondables ténèbres
Comme d'un couvercle de plomb.

C'est une longue nuit qui suinte le bistre
Et couvre le combat de deux noirs tourbillons
L'un de tigres affreux, l'autre de fiers lions . . .
C'est une nuit longue et sinistre !

Au-delà du rideau qui s'affirme éternel
Le jour doit cependant poursuivre sa carrière :
Verra-t-on jamais plus poindre l'aube première,
Verra-t-on jamais plus le ciel ?

Mais un souffle propice a déchiré ces voiles !
Quelle pléiade est là qui brille d'un feu pur ?
Voyez à l'Occident dans ce carré d'azur
Monter six rangs de huit étoiles ! . . .

(1917)

Le Penseur

La raison brille en notre verbe,
Elle brille aujourd'hui plus haut ;
Le penseur est l'homme superbe
A qui sera le dernier mot !

D'autres ont créé des merveilles ...
Mais à quoi donc auront servi
Ces fruit étonnants de leurs veilles ?
Tout par l'Enfer fut asservi !

Oui, le penseur est l'homme austère
Dégagé du mònde anormal
Qui voulut en tout temps sur terre
Voir étouffer l'Esprit du Mal.

L'histoire des Etats, en somme,
N'est qu'une chaîne d'attentats :
La loi qui s'impose à chaque homme
Devra mettre un frein aux Etats ...

Le penseur veut aux sanguinaires
Répéter encor : « Fiat lux ! »
Les peuples ne seront pas frères,
Mais ils ne s'entretueront plus.

Il dira les yeux pleins de larmes
Non sans rendre un hommage aux preux,
Que la noble gloire des armes
Est un superflu trop coûteux.

Dans chaque plaine veuve d'arbres
Où verdoyaient hier les bois,
Il montrera tertres et marbres
Qu'ombragent des forêts de croix ...

Et l'Histoire, la vieille Histoire,
Dont tout chapitre s'endeuillait
Sur une époque par trop noire
Tournera son dernier feuillet !

(1916)

Le retour des Vainqueurs

L'immense bataille sans trêve
A fait rage plus de quatre ans !
L'horreur prend fin ; la Paix se lève ;
L'Univers n'a plus de tyrans !
Ils ont dans le sang et la fange
Abandonné leurs oripeaux ;
Alliés, dans un saint mélange,
Confondons nos mâles drapeaux !

Nous avions promis à nos mères,
A nos femmes, à nos enfants,
D'endurer toutes les misères
Mais de revenir triomphants !
Le Droit de la Force se venge ;
Les hommes vaincquent les troupeaux ;
Alliés, dans un saint mélange
Confondons nos mâles drapeaux !

L'hydre teutonne, l'hydre immonde,
Dont les feux et dont les poisons
Devaient anéantir de monde,
Est coupée en vingt-cinq tronçons.
Alliés, auguste phalange,
En saluant des temps plus beaux,
Confondons dans un saint mélange
Les plis de nos mâles drapeaux !

(1918)

Table des matières

I

II

III

TABLE DES MATIÈRES

IMPRIMERIE
de la « REVUE du LANGUEDOC »
ARTIÈRES & MAURY
MILLAU

Editions de la **REVUE DU LANGUEDOC**,
à Lamalou-les-Bains (Hérault)

SÉRIE DES TROIS SOLEILS

Dernières éditions

Le collier d'émeraudes, par Robert Dagnaus.
Charmes et Mirages, par G. Boué.
La cigale dans les Ajoncs, contes, par A. Castanier.
Amar el Faki, roman, par Rapatel de Vergonzac.
Chimères, roman, par la Vicomtesse P. DE LA Tour.
Les Virgiliennes, par le Vicomte Paul DE Challey.
Contes de la vallée d'Aspe, par Léon Giresse.
Le jardin des Chardons bleus, par G. Dalpayrat.
Reflets d'enfer, par J. F. Agostini.

Série des conteurs

Le Jardin des conteurs de France.
Du Palais à la Chaumière.
Le Moulin des Treize Vents.
L'auberge de la Vigne Rouge.
L'Ermitage de Salluste.
A l'ombre du Clocher en Fleurs.

Chaque volume 9.75
en vente aux Bureaux de la Revue.

www.ingramcontent.com/pod-product-compliance
Ingram Content Group UK Ltd.
Pitfield, Milton Keynes, MK11 3LW, UK
UKHW020943180726
13838UKWH00003B/1102